L'HUMANITÉ,

Ses Droits, ses Espérances, l'Amélioration de son Sort.

ESSAI

D'UNE TRIBUNE POÉTIQUE

EN FAVEUR DE L'ESPÈCE HUMAINE,

Par M. E. BREBION, prêtre,

CURÉ DE VILLOTRAN,

Auteur de Poëmes divers, de Fables, Allégories, . . . de quarante-trois
Épitres, et notamment du poëme *La Vérité à Rome, Paris et Londres.*

(N° 3.)

UN LIVRE DE FABLES.

Prix : 60 c., et 60 par la poste.

BUT DES FABLES.

« Je tâche d'y tourner le vice en ridicule,
Ne pouva t l'attaquer avec les bras d'Hercule.
C'est là tout mon talent ; je ne sais s'il suffit ;
    Tantôt je peins en un récit
La sotte vanité, jointe avecque l'envie,
Deux pivots sur qui roule aujourd'hui notre vie.

Une ample comédie à cent actes divers
    Et dont la scène est l'univers.
Hommes, dieux, animaux, tout y fait quelque rôle,
Jupiter comme un autre (. . . y porte la parole). »
      LA FONTAINE, le *Bucheron* et *Mercure.*

PARIS,

CHEZ L. LACROIX, LIBRAIRE, RUE HAUTEFEUILLE, 18.

1842

RÉFLEXIONS SUR LES FABLES DE LA FONTAINE.

Que dire en l'honneur de La Fontaine et de ses fables qui n'ait été dit mille fois sous cent formes diverses, plus louangeuses les unes que les autres?

Tant il est vrai néanmoins que chez l'homme nulle perfection n'est entière et complète, nous pardonnera-t-on d'observer, dans l'intérêt de la vérité et de l'art, que, d'après une autorité imposante, « plusieurs de ses fables, entr'autres, *les deux Rats, le Renard et l'OEuf*, sont démesurément trop longues, et un plus grand nombre beaucoup trop courtes (toute fable est un poëme qui exige son exposé, son développement, ses détails et une conclusion rationnelle, déduite de son développement), qu'à l'égard de la morale, elle y est souvent vague, indéterminée et même contradictoire, et dont on peut tirer des résultats opposés aux siens, et souvent mieux fondés; d'autres enfin où l'on trouve des maximes fausses, et dont ceux qui gouvernent les hommes pourront faire un usage funeste. »

Nous, qui sommes à La Fontaine ce qu'un grain de sable est au globe terrestre, nous nous sommes appliqué à éviter ces défauts matériels du grand homme. C'est dans ce but que nous avons cru devoir admettre un terme moyen entre la longueur et la brièveté des fables de cet inimitable auteur; quant à la morale de nos fables, elle est évidemment déduite du texte lui-même.

Encore que nous convenions que la fable est évidemment une *poésie légère*, dont la simplicité et une certaine négligence naturelle forment le caractère spécifique, nous pensons pourtant, avec l'imposante autorité que nous venons d'invoquer, « que le style de La Fontaine manque trop souvent de pureté et de correction, et qu'on y trouve plus d'une irrévérence à la langue des Bossuet et des Racine; que dans plusieurs fables des vers sont sans rime, ou, qui pis est, avec des rimes réprouvées, etc... »

Rien n'est plus facile, il est vrai, dans une fable où les rimes sont croisées, triples, quadruples même, continues ou entremêlées, d'omettre une rime. A cette occasion nous prions nos lecteurs de partager en deux le *neuvième vers* de notre fable: *le Peuple roi et l'Empereur romain* (page 20me du premier numéro), de l'*Essai d'une Tribune poétique*, comme aussi de lire ainsi le vers vingt-neuvième de la vingt-quatrième épître à M. Combalot, aux citations sommaires, de la brochure de la quatrième épître au roi, page 26me. Voici ce vers corrigé :

« Cesse donc à toujours, en ta rigueur extrême,... »

A quelques imperfections près, attribuables aux anciens fabulistes que La Fontaine avait trop servilement imités quant à la forme matérielle, ce grand homme sera peut-être toujours inimitable et toujours le désespoir de ses imitateurs. Hélas! pourtant il ne jouit pas de sa gloire, de son vivant du moins. « Il vérifia ce fait si commun parmi les plus grands écrivains, savoir, qu'avec des talents sublimes un auteur modeste et philosophe qui attend tranquillement la gloire lui fait presque toujours défaut, alors que le bonheur et la fortune des médiocrités audacieuses, mais intrigantes, nous offrent un contraste révoltant dont nous sommes si souvent les tristes témoins. La Fontaine mourut sans jouir de sa réputation, qui ne s'étendait guère au-delà du cercle étroit de ses amis; Saint-Evremont et madame de Sévigné sont les seuls qui parlent de lui dans leurs ouvrages. Durant sa vie il fut plus célèbre par ses disparates, ses distractions, ses ridicules que par son prodigieux génie. Hommes, voilà votre justice!!! »

ESSAI

D'UNE TRIBUNE POÉTIQUE.

FABLES.

LIVRE PREMIER.

A LA FONTAINE.

La Fontaine, de loin en marchant sur ta trace,
Que penseras-tu de ma frivole audace
Qui stimule ma veine à voler sur tes pas ,
Alors que je sais bien que tout mon vain fatras
De tes vers immortels, désespoir du poète,
Provoque le mépris sur ma coupable tête?
Mais, crois-le, de ma part aucune illusion
N'alimente l'erreur de mon ambition ,
Puisque de mes efforts la trompeuse espérance
Te ferait exalter, toi, l'honneur de la France!
A ton exemple si des animaux divers
Dans mes fables aussi redressent des travers,
Je n'ai pas comme toi, non, ce talent prodige
Qui t'illustre à jamais de son brillant prestige.

I. — LE LION ET LA BREBIS.

Dans les déserts lointains
De la brûlante Afrique,
Où le Cancer, soufflant les ardeurs du tropique,
De ses feux embrasés dévore les humains,
Jadis certain lion, fréquent dans ces parages,
Exerçait chaque jour de terribles ravages;
    Juste terreur de tous les animaux,
        Leur chair palpitante

Servait de nourriture à sa faim dévorante :
Leur sang coulait par ruisseaux.
Un jour une brebis timide
Que la faim dévorait,
Quittant la plaine aride,
Pénétra dans une forêt
Où le lion tenait une cour redoutable.
Du roi des animaux la présence effroyable
De terreur fit trembler l'innocent animal
De son aspect fatal.
Mais la pécore bêlante
Implore son pardon d'une voix si touchante
Que le lion, touché de pitié,
A ce modeste aspect quitte sa fierté :
« Sire, dit la brebis, protégez l'innocence
D'un timide animal, pressé par l'indigence !
De faim, hélas ! j'allais mourir ;
Mais périr pour périr,
De votre majesté connaissant l'indulgence,
J'ose vous conjurer d'avoir compassion
De ma détresse :
Daignez prêter à ma faiblesse
Votre auguste protection. »
Le lion est généreux ; c'est là son caractère ;
De la bonne brebis exauçant la prière,
De son malheur il fut touché :
« Contre le loup, de ta chair affamé,
Dit-il à la pécore, en toute circonstance
Je te protégerai de ma toute-puissance. »

MORALE.

Désirez-vous des grands captiver la faveur ?
De cette brebis débonnaire
Imitez, croyez-moi, la modeste candeur,
Et vous êtes sûrs de leur plaire.

———————

II. — LE CHEVAL ET LES ANES.

Dans une guerre,
Effroi de la terre,
Un superbe cheval,
Bucéphal courageux d'un vaillant général,

Par mésaventure
Tomba blessé
Dans un pré,
Par son maître abandonné
En cette conjoncture ;
Pourtant du noble coursier
La blessure
(Par un savant docteur, habile en son métier)
Par les soins d'un herbager
Est bientôt guérie.
Le voilà donc paissant l'herbe fleurie
Avec les baudets du canton,
Qui broutent à foison
Et fougère et chardon.
Cependant du cheval l'élégante tournure,
L'ornement de la nature,
Captive tous les soins :
On pourvoit à ses besoins,
On le flatte, on le fête,
Tant et si bien que la superbe bête,
Oubliant et son péril,
Et son exil,
Devient la choyée
De la contrée.
Bazile, le fermier,
Colin, le jardinier,
La gentille Paquette,
Elise et Jacquette,
L'avoine à pleine main
Prodiguent soir et matin
Au cheval magnifique,
Et chacun se pique
D'être pour lui soigneux et bienfaisant,
Et partant,
Notre cheval de lever crinière,
De chanter à sa manière,
Au milieu de son festin,
Son heureux destin.
Bien jusque-là ; mais l'envie
Des rossignols d'Arcadie
Va troubler le bonheur
Du cheval triomphateur.
Hé quoi ! se dirent-ils, pour lui fine pâture,
Mets de toute nature !
Et pour nous mépris outrageants,

Coups de bâton roulants !
Oh ! oh ! amis, que vous en semble ?
Unissons-nous ensemble
Pour chasser
L'étranger !
Ce soir, à la brune,
Sans crainte aucune,
Nous l'environnerons,
Et le pousserons
Dans la ravine,
Au bas de la colline.
L'avis
Par tous fut admis,
Et le soir même
L'odieux stratagême
Fut exécuté
Et le cheval précipité
Dans un abîme.

MORALE.

Quelle leçon, quelle maxime
Voulez-vous tirer de là ?
Lecteur, la voilà :
En cette vie
C'est qu'en tout temps
Le mérite et les talents
Ont provoqué l'envie
Des rossignols d'Arcadie,
Et que, pour parler net,
Rien n'est méchant comme un baudet.

III. — L'ORGUEIL ET LA MODESTIE.

En tout temps sur la terre
L'orgueil et les talents furent toujours en guerre.
Partout chez les humains,
Chez les Grecs, chez les Romains,
A Paris comme à Rome,
Et pour tout dire en somme,
Depuis le pôle gracial
Jusqu'aux sables brûlants du soleil tropical,
Dans l'un et l'autre hémisphère,
En Chine, en Angleterre,

Le mérite et l'ambition
Furent en discussion.
Étourdi de leurs querelles,
Innombrables, éternelles,
Le maître des humains, le monarque des dieux
Députa du haut des cieux
Thémis avec sa balance,
Dont la sagesse et la prudence
Termineraient les différends
De l'orgueil et des talents.
L'équitable déesse
Devant son tribunal cita les contendants,
Examinant avec sagesse
Quels furent les motifs de la désunion
Du vrai mérite et de l'ambition.
L'orgueil, tout bouffi d'arrogance,
Parla le premier;
Il jasa longuement d'un ton fier et altier,
Qui sentait un peu l'insolence.
Quoi qu'il en fût, Thémis patiemment
Pesa les droits de l'exposant,
Puis se tournant vers le mérite
Elle l'engage à s'expliquer ensuite;
Ce qu'il fit en rougissant.
La plus sincère modestie
Sera toujours l'ornement
Du véritable génie.
Il parla peu, mais à propos;
Si bien qu'en quatre mots
La question, clairement exposée,
En sa faveur fut bientôt décidée.
Dame Justice alors, terminant les débats,
Dit aux plaideurs: Il ne faut pas
Que désormais une telle querelle
Par la suite se renouvelle.
Pour éviter toute confusion
Qui pourrait résulter de la prétention,
J'atteste à qui besoin que toujours l'ineptie,
L'ignorance et l'orgueil marchent de compagnie,
Tandis que le mérite est en possession
De la science et du génie

MORALE.

Ineptes orgueilleux, méditez une instant
Sur l'équité d'un si beau jugement.

IV. — LE CHEVAL, L'ANE ET LA CHÈVRE.

Dans une vaste prairie,
Close de tout côté,
Un cheval d'Arabie,
Certaine chèvre, animal encorné,
Un rossignol d'Arcadie,
Heureux hôtes d'un seigneur,
Broutaient l'herbe fleurie,
Sans soucis et sans frayeur.
Dans ce gras pâturage
Le fortuné *trio*, bientôt rassasié,
Savait charmer son ermitage
Par la joie et la gaîté.
Le cheval pétillant faisait ses pétarades,
Agaçait Jean Roussin de fréquentes bravades :
Jeannot ne s'en fâchait, il entendait risée ;
D'autre part dame encornée
Exerçait tous ses tours : c'était beau de la voir
Sur les murs d'un abreuvoir
Aller, venir, sauter tout à son aise,
Danser une gavotte, et puis une française.
Un jour donc que la joie éveillait les esprits,
« Gageons, dit maître Jean au cheval d'Arabie,
Que plus vite que toi parcourant la prairie,
J'atteins le but ; mais convenons d'un prix.
— Impertinente bête !
Répliqua le cheval, tu perds, je crois, la tête ;
Toi, plus léger que moi, qu'elle prétention !
Je te crois bien vraiment quelques grains de folie.
Admirez donc l'ambition
Du rossignol d'Arcadie ! »
Voyant cet altercas,
Dame chèvre voulut terminer leurs débats :
« Paix là ! dit-elle.
Apaisons cette querelle ;
Je veux servir de but ; le premier arrivé
Est proclamé vainqueur, et par moi couronné. »
L'épreuve ainsi proposée
Des champions est agréée ;
La chèvre de partir donne alors le signal :
Sitôt Jeannot, le prudent animal,
De courir à perdre haleine,

Sans même respirer. Le cheval dédaigneux
Faisait l'indifférent; mais le présomptueux
    En fut puni; car à peine
    Courait-il sérieusement
Qu'Aliboron, par son ricanement,
    Célébrait déjà sa gloire.

MORALE.

    Il est bon d'avoir des talents;
Mais il faut s'en servir alors qu'il en est temps.
    Maître Jean, selon l'histoire,
Chanta sur le haut ton sa facile victoire.
Il est plus d'un baudet, semblable à celui-là,
Qui sait bien se vanter sans craindre le holà!

V. — LE RICHE ET SES FLATTEURS.

    Si l'envie
    Des ignorants,
    Des savants
    Trouble la vie,
Des riches et des puissants
Le partage est la flatterie.
    Jadis certain richard
    D'une grande opulence,
    Qu'il devait au hasard
    Bien plus qu'à sa science,
    (Le fait est si fréquent
    Qu'il n'a rien d'étonnant)
Se pavanait un jour, tout bouffi d'arrogance,
Qu'augmentait des flatteurs la corruptrice engeance.
    Ces prôneurs,
    Ces flagorneurs,
Dirent au richard-bonhomme :
Vous que partout l'on renomme
Pour l'esprit, pour la grandeur,
Pour les talents, pour la splendeur,
Vous êtes, à l'égal d'un prince,
    L'idole de la province. »
    Ce discours saugrenu
    Enchante le parvenu ;
    Les flatteurs s'enhardirent
    Et lui dirent :

« Une telle distinction
Doit servir la nation ;
Votre brillant génie
Est utile à la patrie ;
Allez à la cour, croyez-nous,
Vous serez des fêtés le plus heureux de tous :
Nous ferons vos affaires,
Et serons vos secrétaires. »
Bonhomme richard, chatouillé
En sa sotte vanité,
Ne rêve plus qu'équipages,
Que laquais et que pages,
Que magnifiques chevaux,
Que carosses et châteaux,
Que blasons et livrées,
Et autres billevesées ;
Puis, un beau jour,
Il partit pour la cour,
Où d'abord son opulence
Lui permet de paraître avec magnificence ;
Mais les courtisans dorés
Furent choqués
De cette roturière et plébesque insolence.
Pour bâillonner le brocard
Le bonhomme richard
Désormais en festins se ruine ;
Il épuise la mine
De son immense trésor,
Prodigue l'argent et l'or ;
Mais bien vaine
Fut sa peine.
D'abord il paie à beau prix,
Puis au denier dix ;
Enfin il vend argenterie et dorure,
Et ses habits râpés par delà la couture.
Hué,
Conspué,
Il revoit tout confus son modeste village,
Sans valet, sans blasons, sans laquais et sans page.
Il n'a plus d'autres secoureurs
Que ses adulateurs ;
Mais en régissant ses terres
Ils ont fait leurs affaires ;
Ils sont riches à leur tour ;
Ils insultent l'homme de cour.

MORALE.

Plus d'un ambitieux, hélas! n'est pas plus sage
Que ce vain parvenu.
Suivons l'avis du sage
Qui nous dit : « Bien perdu
Laisse au cœur une peine amère,
Donne une leçon sévère,
Qu'aggrave encor
La perte des amis plus que celle de l'or. »

VI. — LE VRAI ET LE FAUX NOBLE.

Deux hommes avaient même nom,
Mêmes titres, même blason;
Mais pourtant quelle différence,
En toute circonstance,
Éclatait entr'eux
Deux!
De l'un l'âme élevée
N'a qu'une pensée,
Celle d'être généreux,
L'appui des malheureux,
L'avocat de la faiblesse,
Le soutien de la détresse;
Du mérite éclatant courageux défenseur,
L'élevant à sa hauteur;
Incapable d'envie,
Protecteur du génie;
Tel est en général,
Du noble le sens idéal.
Son homonyme
N'avait, hélas! même maxime :]
Orgueilleux et arrogant,
Superbe et insolent,
N'ayant de science aucune,
Sous ses pieds dédaigneux écrasant l'infortune,
Se vantant
Ignoblement
En son ignorance
Et arrogance,
Ne connaissant en tout que le plus fort,

Voulant avoir raison, quoique ayant toujours tort.
Un flot de mépris et de haine,
On le croira sans peine,
S'était soulevé
Contre cet ennemi de notre humanité :
Pourtant, en son orgueil suprême,
Il eut l'orgueil extrême
De prétendre soutenir
Qu'à l'avenir
Son homonyme
Magnanime
Eût à renoncer au blason
Dont glorieusement il décorait son nom.
Là dessus procédure
Devant la magistrature,
Qui fut appelée à juger
Ce cas fort singulier.
En sa sagesse accoutumée,
La cour, bien informée,
Décida sagement
Qu'agir bassement
C'était preuve de bassesse,
Et que, conséquemment,
L'injuste prétendant,
De son orgueil victime
En cette chicane infime,
Paierait les frais
Du procès.

MORALE.

De la nature humaine
Telle est la superbe vaine !
Les sots et les méchants
Sont toujours insolents,
Intolérants ;
Le bon, bien au contraire,
Est doux et débonnaire,
Ne sachant même pas
Le bien qu'il répand sur ses pas.
Les pervers, pleins d'envie,
Outragent le génie
Qu'ils voudraient ravaler,
Et se croient de la noblesse,
Alors que la bassesse
Les vient dégrader

VII. — LES DEUX JUGES ET LES DEUX ACCUSÉS.

A MA MÈRE.

Il y a juge et juge ;
Tel nous défend, tel nous gruge.
A ce propos
Quelques mots
Pour faire ressortir la grande différence
De ceux qui de Thémis tiennent la balance.
Deux accusés,
Plus ou moins chargés,
Par ordre du prince
Devant deux juges de province
Furent forcés de comparaître
Pour que de leurs méfaits on pût enfin connaître.
De nos accusés le premier
S'était laissé tromper
Et entraîner
A faire la contrebande
De tabac ou dentelle, et d'espèce marchande ;
Son crime n'était pas grand ;
Mais pourtant
Le juge, homme dur, sévère,
Le condamne, en sa colère,
A passer, bel et bon,
Quatre ans en prison.
C'était un peu trop fort pour cette peccadille !
Perdre un homme et sa famille,
Surtout quand il est démontré
Que le juge avait volé
En mainte circonstance,
Par ruse ou violence,
Et la veuve et l'orphelin,
D'un seul coup de sa main :
Mais c'est l'ordinaire,
Car le méchant par sa sévérité
Veut masquer son improbité,
Et dans cette affaire
La confirmation de cette vérité.
Le deuxième coupable
Avait commis un cas pendable ;
Car il avait, en sa vivacité,
Porté tel coup déplorable

Que, par un funeste sort,
Il causa la mort.
L'accusé, par sa contenance,
Témoignait sa répentance,
Mais redoutait la sentence.
Il pleurait,
Il gémissait,
A peine se défendait ;
Mais son juge,
Non pas celui qui rapine et qui gruge,
Mais l'homme d'équité,
L'homme d'humanité,
Avocat de l'innocence,
Qui du malheur prend la défense,
Voit que l'accusé,
Cruellement persécuté,
Est cause non de mort, mais d'une catastrophe ;
En ces termes il l'apostrophe :
« Vif argent,
Modère une autre fois le trop prompt mouvement
De ton tempérament ;
Voici ma sentence :
Chez toi point de prévision,
Pas d'intention,
Pas même d'apparence
De vengeance ;
Tu commis un malheur
Que, dans ma rigueur,
Je pourrais bien punir par un supplice-extrême ;
Mais la justice même
Me dit que plus infortuné
Que coupable,
En cas semblable
Je dois, moi, t'accorder et vie et liberté.
Il faut ici longue vue :
En fait de lois la lettre tue.
Retire-toi,
Observe la loi ;
Ton innocence est complète,
La justice est satisfaite. »

MORALE

Le crime est dans l'intention ;
Ici point de discussion.

Dans les juges pourtant, oh, quelle différence !
L'un est plein de sévérité,
L'autre plein de clémence.
Le méchant, par sa cruauté,
Le bon, par sa bienfaisance,
Toujours montreront
Ce qu'ils seront :
Faut-il s'en étonner ? quand notre Dieu suprême
Est la bonté même
Envers les humains,
Les pervers toujours sont des êtres inhumains.

VIII. — LE CORBEAU, LA PIE ET LE RENARD.

Un corbeau vorace
Et madame l'agace
Aux abords d'un bois
Exerçaient leurs exploits,
S'ébattant à outrance
Pour bien maigre pitance ;
Car l'objet contesté, ce n'était pas un bœuf,
Ni même un œuf,
Mais bien une grenouille, écharpée en lambeaux
Par ses bourreaux.
Cependant du combat telle fut la furie
Qu'atteinte par le corbeau
L'agace, toute meurtrie,
Tombe sur le carreau.
Non loin maître renard, qui guettait à la poule,
Adroitement se roule,
Et d'un seul bond
Il fond
Sur le corbeau, qui, dans ce cas extrême,
Implore son pardon
Du glouton.
« Te pardonner ! mais toi-même,
Dit le renard,
As-tu, par hasard,
Épargné la grenouille ou bien ta sœur l'agace ?
Pour toi point de grâce,
Oiseau carnassier ;
Je t'emporte en mon terrier,

Te mets en fricassée,
Et de ta chair, méchant, je fais bonne curée. »

MORALE.

Notre corbeau, dit-on,
Dans sa plainte amère,
Invoque en vain Pluton,
Qui, sourd à sa prière,
L'abandonne à son funeste sort,
Et bientôt, par sa mort,
Devient sujet de son empire.
« Sache, lui dit le dieu, qu'un sort mille fois pire
Que ceux que les méchants
Infligent aux innocents
Des pervers devient le partage. »
Il n'en dit pas davantage,
Et notre corbeau
Fut par maître renard dépecé bel et beau.
Quelle que soit ta puissance,
Homme cruel,
Compte que tôt ou tard le pouvoir éternel
Te frappera de sa vengeance.

IX. — L'OMBRE ET JUPITER.

ARGUMENT.

L'Ombre, dans son orgueil, sollicite Jupiter de lui accorder
une déité ; le souverain des dieux lui donne pour sujets les
méchants, les sots et les malfaiteurs qu'elle protégera de ses
ténèbres secourables. La Fontaine, en deux ou trois vers, a
aussi donné aux méchants la Nuit (ou l'Ombre) pour patronne,
pour protectrice et pour déesse.

Au temps où tout était dieu,
Excepté Dieu lui-même,
L'on vit en plus d'un lieu
Adorer (ô sottise extrême !)
Des oignons,
Des potirons,

Voire même le crocodile,
Et jusqu'au plus vil reptile.
L'Ombre, que guide un orgueil vain,
Demande au maître souverain
L'honneur d'être déesse,
Vantant fort sa sagesse
Et mainte prouesse
Dont elle s'était fait un titre spécieux.
Le maître des dieux
Écoute sa supplique;
Après dispute et réplique :
« Quel orgueil t'aiguillonne,
Lui dit maître Jupin;
A quoi serais-tu bonne
Pour le genre humain?
Une déesse est une protectrice,
Et ton vain caprice
N'est nullement justifié :
Que ferais-tu de ta divinité?
— Plus de la moitié
De l'espèce humaine,
Répond l'ombre vaine,
Je puis me vanter
De protéger.
N'est-ce pas dans la nuit, protégé de mon ombre,
Que le méchant, le voleur,
Quand il craint quelque encombre,
Vient abriter sa frayeur?
Des méchants, des pervers l'impitoyable race
Du monde occupe la surface.
D'innombrables méchants,
Des fourbes, des ignorants
Seront mes sujets reconnaissants,
Puisque de les sauver j'ai l'heureux privilége,
Que de ma nuit je les protége. »
Maître Jupiter,
Roi de l'éther,
Approuve le dire de l'ombre,
Et pense que bon nombre
D'habiles gens
N'ont pas tant de sens.
« J'admire ta sagesse,
Dit maître Jupin;
Je te reconnais pour déesse
De la moitié du genre humain ;

Puisque gens de la corde, aussi de la ficelle,
Innombrable séquelle,
Avec les méchants,
Les ignorants
Sont moitié de mon empire,
Je puis te prédire
Que ta protection
Sera fort utile en mainte occasion. »
Depuis ce temps l'Ombre est une déesse
Dont la sagesse
Abrite les pervers avecque les voleurs,
Les ignorants, les trompeurs,
Qui, dans chaque péril qui tous les environne,
L'ont prise pour patronne.

MORALE.

Le monde est vieux, il a plusieurs mille ans ;
Mais le temps,
Malgré son grand âge
Et son ravage,
N'a pas détruit
L'empire de la nuit,
Patrimoine de l'Ombre,
Qui dans plus d'une encombre
Défend Cartouche et Mandrin,
Pradon et Chapelain,
Fléaux divers du genre humain.
Aussi la déesse serviable
Voit ses autels entretenus
Par les méchants, les malotrus,
Qui, sous son voile favorable,
Règnent avec impunité
Dans l'obscurité,
Détestant la lumière,
Comme les rois obscurs d'une taupinière.
Pour eux point de publicité ;
Dans la haine qui les presse,
Ils détestent la *presse*,
Comme un lapin le lévrier,
Et l'assassin le policier.

X. — LE CURÉ, LA PERDRIX ET LE CHAT. (1)

Une perdrix blessée
Par un chasseur,
Pour son malheur,
Vole dans le jardin d'un modeste pasteur,
Où, près d'un bloc blottie,
Tout bêtement se croyait ensevelie,
En cela bien imitant
Certains malins d'à-présent.
Dès l'aube matinale,
Le pasteur en question
Fait autour de sa maison
Une visite générale;
Il voit dame perdrix
Qui prudente, voulant se cacher à tout prix,
Feint être un morceau de terre ;
Mais, vaine ruse de guerre.
Le vigilant pasteur,
Pénétré de joie,
Saisit la bête coie,
La prend avec bonheur;
Puis la plumer,
Puis la nettoyer,
La flamber à la torche,
La mettre à la broche,
Fut l'affaire de rien,
Tant et si bien
Que le pasteur modeste
S'apprête bonnement
A ne laisser de reste
D'un repas succulent,
Lorsque d'un chat rusé la native malice
Qui, comme ses pareils, ne manquait d'aucun vice,
D'un coup de griffe malin
De la perdrix fait un larcin.
L'humble pasteur, que trahit l'espérance,
S'apprête à tirer vengeance
De Rominagrobis
Qui croque la perdrix.
D'une verge vengeresse,

____

(1) Le fait matériel de cette fable est rigoureusement historique; il
est arrivé à l'auteur lui-même,

Avec prestesse,
Monsieur le curé
Est bientôt armé ;
Mais, comme chacun sait, rien n'est fin comme un chat ;
Donc le scélérat,
Pour éviter la peine de sa faute,
D'un bond saute
Sur les tablettes du foyer,
Où l'on voit briller
Globes et porcelaine,
Précieux mobilier
Qu'il tient du droit d'aubaine.
Au lieu de frapper,
Lors le pasteur, voyant qu'avec sa férule
Il briserait et cristaux et pendule,
Prudent conseiller,
Se dit à lui-même :
« D'un fort petit malheur n'en faisons un extrême ;
Ne perdons pour une perdrix
Tant d'objets de prix.
Hélas ! de mes regrets toute autre serait la cause,
Si le chat me brisait si précieuse chose. »
Donc le pasteur prudent
De la porte ouvrit un battant,
Et d'une agile patte
S'enfuit la bête scélérate.

MORALE.

Hélas ! souvent,
Par aveuglement,
De notre curé débonnaire
L'on abandonne à tort la prudence vulgaire.
D'un rien l'on veut se venger ;
L'on veut punir, déshonorer ;
Mais qu'arrive-t-il d'ordinaire ?
Un mécompte fatal !
Pour assouvir sa vengeance
L'on se fie à sa puissance ;
L'on méconnaît la prudence ;
Et nous voyons, en général,
Que les maux faits aux autres
Deviennent les nôtres.
Le bon sens, la raison,
Surtout la religion,
Nous commandent le pardon.

XI. — LE GÉNÉRAL *CLÉMENT* ET LE SOLDAT *RECONNAISSANT*.

Un général d'armée,
De grande renommée,
Aussi prudent
Que vaillant,
Très sévère en discipline,
Contre le viol et la rapine
Avait l'ordre porté
Que tout soldat de par la fusillade
Paierait son escapade,
En faute trouvé.
L'un d'eux pourtant trouve à sa guise
Un gras chapon ;
Alléché par la friandise,
Il le happe bel et bon,
Lorsque le chef de l'armée
Vint le troubler en sa curée :
« Maraud ! dit le général,
Tu pris cette volaille ;
Chapon, en général,
N'est pas mets de canaille.
Le fait était constant,
Évident.
En attendant la fusillade,
Il fallut ouïr l'algarade
Du général irrité.
Le troupier, atterré
Par cette mésaventure,
Promet et jure
Qu'il sera sage à l'avenir ;
Il peint son repentir
En fort touchant langage,
Et, par son beau parlage
Intéressant,
Il plaît au chef de l'armée,
Dont l'âme élevée
Fut touchée
Du sort du pauvre délinquant :
« Ta grâce, dit-il, je te donne,
Et te pardonne,
Puisque toi
Et moi

Savons seuls la peccadille;
Mais, mon drille,
Une autrefois le plomb
Te tomberait d'aplomb! »
Le lendemain pourtant on livre la bataille;
Plus question de volaille,
Mais de balle et de mitraille.
Par son courage emporté,
Le chef est entouré
D'une troupe ennemie;
Grand danger courait sa vie,
Quand notre mangeur de chapon,
Intrépide comme un lion,
Reconnaissant de son pardon,
Enivré de poudre,
Fait l'effet de la foudre,
Et, d'un courage sans égal,
Délivre son général.

MORALE.

En toute circonstance
La bonté, la clémence,
Trouvent leur récompense;
Comme aussi la dureté,
La cruauté,
N'échappent à l'impunité.
Le méchant, en sa rigueur extrême,
N'est indulgent que pour lui-même;
Mais il aura son tour
un jour.

XII. — LE FERMIER RUINÉ,

SES PARENTS, SES AMIS ET SON VIEUX DOMESTIQUE.

« Il n'est rien qui corrompt autant que le bonheur,
Et la meilleure école est celle du malheur.
Le feu fond jusqu'à lor; mais il durcit la fange.
Les grands cœurs sont humains; c'est leur juste louange,
Toujours par un malheur un autre est amené;
Et le malheur encor cherche l'infortuné. »

Un fermier d'un grand étalage,
Un petit seigneur de village,

Malgré ses grands moyens,
Mangea tous ses biens.

Vous raconter comment, ce n'est pas nécessaire ;
Il aimait la bonne chère,
Il était grand chasseur, paresseux, négligent,
De plus il aimait la bouteille ;
Dès lors ce n'est pas merveille
Que sa fortune allât toujours en déclinant.
Jà des usuriers la race iscariote
Sont les gardes d'honneur qui lui servent d'escorte.
Ils lui prêtent à dix du cent,
A vingt peut-être, on n'ose dire tant !
Pourtant des huissiers la trompe impitoyable
Vint fondre tout à coup sur notre misérable :
On le traîne en prison ;
On lui vend tous ses biens, ses meubles, sa maison.
Aussi pauvre que Job, du pain bis, de l'eau pure
Composent désormais toute sa nourriture.
« O jours si fortunés ! hélas, vous n'êtes plus !
Je vous rappelle en vain de mes vœux superflus ! »
Ainsi se lamentait, dans sa douleur amère,
Le triste fermier qu'accablait sa misère.
Il n'est pas cependant de si cruel malheur ,
Ni de si grande douleur ,
Qui n'aient pourtant leur remède,
En quoi toujours Dieu nous aide.
Aussi l'infortuné cherche à se consoler :
« Mes parents, se dit-il, nagent dans l'abondance ;
Mes proches, mes amis regorgent d'opulence ;
De mon malheur je vais les informer ;
Ils ont eu part à ma richesse ,
Ils seront attendris de ma rude détresse ;
Je connais leurs bons cœurs , ils vont me soulager. »
De ses maux il leur fait la touchante peinture,
Il fait parler le sang, invoque la nature :
Son malheur fut éloquent ;
Mais, hélas ! ce fut vainement.
En place de l'aider, on l'insulte, on l'outrage ;
On lui fait voir ses torts, qu'on lui jette au visage.
« Nous vous secourir ? nenni !
Vous êtes malheureux ; vous en fûtes la cause :
Consolez-vous, prenez votre parti ;
De nous n'attendez autre chose
Que le conseil que voici. »
A cette nouvelle

Cruelle
L'infortuné se livre à la douleur
La plus amère ;
Accablé de malheur,
Il pleure, il se désespère :
« Faux amis, durs parents, que vais-je devenir ?
Dans la prison vous me laissez souffrir
La honte et l'infamie.
Fut-il jamais destin plus cruel dans la vie ? »
A ces mots si touchants paraît le geôlier,
Qui vient dire au fermier
Qu'un homme de sa connaissance
Lui demande audience.
De notre malheureux quel fut l'étonnement
De voir *Martin*, Martin son domestique,
Une bourse à la main, toute pleine d'argent,
Fruit économique
De quarante ans de travaux,
Le supplier avec larmes
De calmer ses alarmes,
En permettant qu'il terminât ses maux !
Le fermier ému, plein de reconnaissance
Pour un si rare dévoûment,
Pleure d'attendrissement,
Mais refuse la bourse avec persévérance,
Malgré son dénûment.
Martin déconcerté, ce serviteur fidèle,
Avec constance renouvelle
Son offre généreuse ; il devient plus pressant.
« O mon maître, dit-il, acceptez se présent ;
Il n'est pas considérable.
Des jours heureux luiront où vous serez capable
De me rembourser ;
Aujourd'hui daignez agréer
Cette somme modique
D'un zélé domestique
Qui serait trop heureux
De pouvoir abréger votre sort rigoureux. »
Cette dernière instance
Vainc la résistance
Du fermier généreux.
Il accepte la somme ; elle est bien suffisante
Pour assouvir tous les créanciers,
Qui, contre leur attente,
Recouvrent leurs deniers.

Cette formalité remplie,
La prison s'ouvre à notre infortuné,
Qui recouvre la liberté
Qu'il préférait à la vie.

MORALE.

Cruels ambitieux, dédaigneux opulents,
Vous fûtes durs et méchants
En tout temps !
Sommes nous dans l'abondance,
Alors vous nous flattez;
Tombons nous dans l'indigence,
Alors vous nous insultez.
L'homme le plus humain et le plus charitable
Sera toujours le misérable
Dont les propres malheurs
Lui donnent le conseil de calmer nos douleurs.

XIII. — L'OURS ET LE RENARD.

Un ours des plus patauds,
Des plus nigauds
Comme sont ceux de son engeance,
Avait par hasard
Choisi sa résidence
Près du gîte d'un renard.
Quoique d'ordinaire
Ils fussent en guerre,
Ils s'étaient depuis peu, dans un but d'intérêt,
Partagé certaine forêt.
Seigneur l'ours en sa dépendance
S'était lui réservé les morceaux d'importance ...
Pour sa subsistance,
Sans entrer en détail,
Tout le gros bétail.
Maître renard pour sa pitance
Avait de son côté
Stipulé
Qu'il aurait pour nourriture,
Maintes perdrix, maints poulets,

Sottes cailles et cochets,
Qu'il mettrait en déconfiture.
Le partage ainsi réglé, nos animaux gourmands
Se mirent à rôder par les bois, par les champs.
Il advint, par aventure,
Qu'un engin d'étrange nature
Vint frapper le regard
Du renard.
« Qu'est cela ? dit la bête
Roulant le cas en sa tête ;
C'est un leurre qu'on me tend ;
C'est ainsi qu'on me prend
Pour une dupe niaise !
Je n'en aurai pourtant qu'à l'aise,
Car seigneur l'ours, mon bon associé,
Qui n'est pas sot à moitié,
Ne soupçonnera pas ce piége dressé.
Il dit à l'ours en sa finesse :
« Votre puissante altesse
Aurait-elle la bonté
De tirer cette ficelle?
Elle aura déniché
Le trésor qu'elle recelle. »
Aussitôt dit, aussitôt fait,
Seigneur l'ours tire le lacet ;
Mais, ô surprise extrême !
Un coup de fusil
Découd le nombril
De l'ours, victime du stratagème.
Ce que renard voyant,
Il dit en riant :
« Heureuse aventure !
J'aurai seul maintenant
Mets de toute nature. »

MORALE.

Si peu que nous soyons prudents,
Gardons-nous de faire alliance,
En aucune circonstance,
Avec les méchants.
Craignons tout de leurs vices,
Et de leurs malices,
Et surtout défions nous
Des roués et des filoux.

XIV. — L'ÉLÉPHANT ET LES FOURMIS.

Dans une île d'Asie
Qu'on appelle *Ceylan*,
Que le rhinocéros avecque l'éléphant
Ont choisie
Pour patrie
Au milieu de l'océan,
De nombreuses fourmilières
Avaient bâti leurs palais
Dans quelques taupinières,
Sous un ombrage frais.
Là ces dames laborieuses,
A l'abri de tout besoin,
Chantaient chansons joyeuses
Du soir au matin,
Quand d'un gros éléphant la masse corpulente,
Tombée à plat sur les fourmis,
Mit en salmis
Cette pauvre gent rampante
Et chantante,
Qui, dans son malheur,
Jette force clameur.
A la ruine peu s'échappèrent ;
Dans les déserts brûlants d'abord elles errèrent,
Chez les leurs recherchant quelque hospitalité ;
Mais elles ne trouvèrent
Qu'insulte et cruauté.
La Fontaine l'a dit dans ses fables ;
Les fourmis sont peu pitoyables.
Quoi qu'il en soit cependant,
Chaque jour l'éléphant
Écrase des fourmilières
Tout entières,
Dont les débris
S'étant réunis
Avisèrent en séance
Aux moyens de défense,
Et jurèrent de se liguer
Pour tuer
Le colosse immense.
Leurs plans bien concertés, un jour que l'éléphant,

Couché sur le flanc,
Dans les bras de Morphée
Se livrait au sommeil,
La fourmilière rusée,
Sans lui donner l'éveil,
Fond comme une armée
Dessus notre éléphant, pénètre en son naseau,
S'établit en son cerveau.
Plus d'une amazone
La trompette sonne,
Et d'un courage audacieux
Va résider en ses yeux.
Le colosse furieux
S'éveille plein de rage,
Fait retentir la plage
De ses hurlements
Effrayants;
Les cavernes au loin de ses cris retentirent,
Les hôtes des bois en frémirent;
Mais déjà la bête éperdue
Avait perdu la vue;
Elle heurte, cèdre et bambou,
Tombe enfin dans un trou,
Où
D'une mort étrange
Elle périt dans la fange.
Voici comme dans *Ceylan*
Le plus petit insecte immola son tyran.

MORALE.

Dans cette fable
Quelle leçon admirable
Nous donnent les fourmis!
Trouvera-t-on, même à Paris,
La sagesse si prudente
De cette gent rampante?
Les insectes isolés
Sont écrasés;
Mais leur patience,
Leur union,
Leur association
Détruisent la puissance
D'un monstre effrayant,
Du colossal éléphant :

La victoire vraiment n'était pas trop facile.
Ce conte paraîtra futile
A bien des gens,
Surtout aux savants,
Toujours exigeants;
Mais il est utile
En ce sens
Qu'il démontre aux puissants
Qu'il n'est pas dans la vie
D'hommes si faibles, si petits,
Qui, comme ces fourmis,
Leur force réunie,
Ne mettent sur la dent
Le roi le plus puissant.
O vous, pauvres et prolétaires,
Desservants et vicaires,
Soyez unis toujours, veillez à vos affaires;
Soutenez tous vos droits
Réglés par les lois,
Avec vos priviléges,
Que des abus sacriléges
Voudraient mettre au néant!
Vous serez les fourmis qui tuent notre éléphant.
Notre monarque, à nous, c'est vraiment notre père,
L'ami de ses sujets,
Faisant de leurs intérêts
Sa cause la plus chère.
Aimons donc notre roi,
Observons la loi
Dont il est le principe;
Vénérons Louis-Philippe!

XV. — L'IMPRUDENCE,

OU LE CHEVAL FOUGUEUX DANS UNE BOUTIQUE DE FAÏENCE.

Dans une brillante cité,
Séjour fortuné
De la richesse,
De la noblesse,
Les matadors du lieu possédaient les chevaux
Les plus beaux,

Dont la légèreté, l'ardente pétulance
De leurs jeunes jokeys nourrissaient l'insolence.
De cette nation l'ambitieux orgueil
Ne connaît du danger le périlleux écueil.
  Un jour en son incurie
Un de ces dictateurs d'une riche écurie
   (Qu'il fut Anglais
    Ou Français,
  En affaire de cette sorte
   Cela n'importe)
  De ses mains laisse échapper
   Un ardent coursier,
  Qui, dans son inexpérience,
   Prend boutique de faïence
    Pour un ratelier.
 Cependant la bête chevaline
   Brise pots et terrine,
Ornements de salon, meubles de cuisine,
  Et dans les funestes ébats
Du Bucéphal fougueux tout se brise en éclats;
  Ni plus ni moins n'eût fait la foudre ;
   Tout, hélas !
   Fut réduit en poudre.

MORALE.

  Si grand mal fut consommé
  Par suite d'une imprudence,
   Adieu faïence
   Et pécule amassé
  Avec tant de persévérance !
 Le marchand fut-il indemnisé?
   Je l'ignore ;
   Mais encore
   L'indemnité
N'équivaut jamais à l'intégrité :
   Une jambe remise,
  Une existence compromise
   Prouvent ce fait constant.
   Entre l'imprudent
  Et le sage quel contraste !
   Dit Théophraste. (1)

---

(1) Théophraste, en deux lignes de prose, compare l'imprudent à un

L homme imprudent n'est qu'un sot animal
Cent fois plus dangereux qu'un furieux cheval.

---

cheval fougueux qui pulvérise les marchandises d'un faïencier. L'imprudent cause plus de maux, il compromet les existences.

DEUXIÈME LIVRE DE FABLES,

à paraître dans un prochain numéro de l'*Essai d'une Tribune poétique.*

1 — Le roitelet et le vautour.

2 — Le diamant et les verroteries.

3 — Le poulet, la poule et l'émouchet.

4 — Le prince et l'architecte.

5 — La vérité et le mensonge.

6 — Le millionnaire et l'homme d'esprit.

7 — Le roi despote et ses sujets révoltés.

8 — Le petit ruisseau entravé par les vannes (la *presse*).

9 — L'horoscope d'un père à ses deux fils.

10 — Le coq et le hibou.

11 — Le riche, les oiseaux et les moucherons.

12 — Le soleil et les brouillards.

13 — L'âne et le loup.

14 — Les trois sœurs divines : la théologie, la raison et la philosophie.

15 — L'aigle, le serin et l'épervier : l'aigle sublime épargnant le serin, l'épervier cruel le déchirant.

INVOCATION A LA JEUNESSE.

Jeunesse, notre espoir, dont la virginité
De l'esprit et du cœur, avec avidité,
Au vrai, trop inconnu, consacres l'existence,
L'avenir du pays, notre unique espérance ;
Toi, dont des passions le langage enchanteur
Sème sur ton chemin un poison séducteur,
De mes faibles efforts soutenant l'énergie,
Voudras-tu seconder mon trop pauvre génie,
Quand, en me dévouant à ton réel bonheur,
Sur tant de points obscurs je jette la lueur ?
Alors que tant d'erreurs envahissent le monde,
J'ai besoin pour combattre, hélas! qu'on me seconde ;
Quand je livre un combat à de nombreux travers,
Voudras-tu que je prêche, obscur, dans les déserts ?
Jeunes gens studieux, que le faux importune,
Daignez favoriser ma *naissante Tribune* ;
J'y prêcherai toujours l'utile vérité,
Tous les droits des humains, la sainte liberté,
Sans laquelle ici-bas nul bonheur n'est possible ;
Sans qui le mal moral sera toujours loisible.
Mais point d'illusion, évitant tout excès,
La *Tribune* épurée obtiendrait ses succès.
Ah! la guerre surtout à ce philosophisme
Qui voudrait immoler le *vrai christianisme*.
De mes nobles projets voici l'humble exposé :
« Défendre tous les droits, la vertu, l'équité ;
Secourir le malheur, protéger l'infortune,
Sont les engagements de mon humble *Tribune* :
Des méchants inhumains, des orgueilleux pervers,
Flagellant, courageux, les dangereux travers ;
Doctrine saine en tout ; dans la littérature. . .
. . . .

N. B. Cette invocation, par sa longueur, est devenue une épître ; c'est notre 43ᵐᵉ.

PARIS, IMPRIMERIE DE POUSSIELGUE, RUE DU CROISSANT, 12.